AF356645

Le Sonnet

DIVERTISSEMENT POÉTIQUE

Précédé du

boniment de la présentation des Comédiens

* *

MAX VITERBO, Editeur

Théâtre Albert Ier

64, Rue du Rocher, Paris

1916

✻ ✻ ✻ ✻ ✻ ✻ ✻ ✻ ✻ ✻

POEMES : Les chansons colorées. — Les cités futures. — Les demi-cabots. — Le livre du soleil.

ROMANS : Gamliel, au temps de Jésus. — Critiques sentimentales. — L'Arantelle (*en collaboration avec G. de Lys*). — Ciel tendre (en collaboration avec *Léon Talboom*).

CAMPAGNES : Les voleurs des pauvres. — La traite des chanteuses. — Les enténébrés. — Les edens artificiels. — Rendez-nous les sœurs !

THEATRE : Zozo. — La planète Billoud. — Vers le silence. — La pit'chounette. — Eucharis. — La cote. — Autour de la lampe. — P. P. C. (*ou les petits trous pas chers*). — Il neige! —Le convoi (*épisode de la guerre 1915*). — Labouloche ne se colle pas. — Soyons Lauzun. — Le mort. — La dernière incarnation de Jack l'éventreur. — Après lui. — Rolla. — Yvaine. — Les petites conouérantes. — L'aigrette blanche. — La prison d'amour. — Catelina joue! etc.

✻ ✻ ✻ ✻ ✻ ✻ ✻ ✻ ✻ ✻

PERSONNAGES :

Premier Comédien GILLES (d'après Watteau)   *écrivain public.*

Deuxième Comédien DON JUAN (classique)

La Comédienne   COLOMBINE (fantaisiste XVIIIᵉ siècle)

Ce **Divertissement Poétique** fut donné pour la première fois en l'année tragique **1916**, au **Théâtre Albert Iᵉʳ**

Le Sonnet

Précédé du

BONIMENT DE LA PRESENTATION
DES COMEDIENS

DÉCOR

Ce divertissement doit, autant que possible, se jouer dans un salon Louis XIV, soit en considérant le public comme des invités; soit en massant des invités (acteurs en costumes Régence) sur la droite de la scène, ainsi que cela se faisait dans le temps. En ce cas, deux ou trois actrices seront assises en de grands fauteuils, et quelques seigneurs les entoureront, se tenant derrière leurs sièges.

Les comédiens entreront par la porte du fond, vêtus de capes; ils s'inclineront profondément, soit devant le public, soit devant les invités; puis ils se retireront à gauche de la scène; là, commencera la dispute, pendant laquelle le deuxième comédien accrochera de petits écriteaux, sur lesquels seront ces inscriptions : « Ici, c'est un bois »; « Ici, c'est une route»; « Ici, c'est un val ».; il fixera un décor qu'il déroulera; ce décor représentera un bois ou un coin de parc; (un côté sera déchiré); il sera accroché dans l'angle du fond de la scène, à gauche. Puis, le deuxième comédien apportera un tabouret, qu'il placera au milieu de la scène.

SCÈNE PREMIÈRE

LES COMÉDIENS, LA COMÉDIENNE

LA COMÉDIENNE

Oui-dà... vous coquetiez avec elle...

PREMIER COMÉDIEN

Mais non !
Pour qu'on nous laisse aller je lui disais mon nom.

LA COMÉDIENNE

Vous mentez sans rougir ! Je vous ai vu, vous dis-je...
Vous lui baisiez la main...

PREMIER COMÉDIEN

Cela tient du prodige...
Je rattachais ma boucle.

LA COMÉDIENNE

En touchant ses genoux ?
J'ai vu... de mes yeux vu !

PREMIER COMÉDIEN

Vu, de vos yeux jaloux !

LA COMÉDIENNE

Nous règlerons ce compte...

PREMIER COMÉDIEN

Oui !... mais pas tout de suite !...
Lorsque nous serons seuls ; Jouons.

LA COMÉDIENNE (*exaspérée*)

... Mais jouons vite !
(*Le premier comédien se tourne vers la maîtresse de
maison — ou vers le public — et présente Don Juan*).

PREMIER COMÉDIEN

Dames pleine de grâce... et vous, seigneurs galants
A qui nous dédions nos gestes, nos talents,
Souffrez qu'à vos regards sévères, je présente :
Don Juan... un seigneur espagnol, d'Alicante,
La ville où les vins d'or rutilent dans des pots
Fondus par Gil Pérès et sculptés par Neppos.
De tous les comédiens qui courent la grand'route,
Don Juan est celui que le plus, on écoute :
Il rompt entre ses doigts des écus... et les rend
En morceaux... mais d'un geste auguste, indifférent.
Le sang d'Hercule roule en lui des flots de force ;
Il porterait le poids d'un astre, sur son torse.
Mais sa douceur connue égale sa bonté,
C'est un lion, qu'on laisse errer en liberté.
Les femmes, avec lui, sont de tendres Omphales,
Qui filent doux. — Ah !... il ne craint que les cabales.
Enfin, moi (*très suffisant*)

Moi Pierrot. De l'Escaut jusqu'au Pô
J'ai promené ma gloire, avec mes oripeaux
Mon nom cause un tumulte agréable à mon âme ;
On me loue, on me chante, on m'admire, on m'acclame !
Je fais rire... j'émeus, et les yeux sont en pleurs.
A Pise, on m'a porté sur un pavois de fleurs,
Car j'ai prouvé ceci : La parole est, en somme
Le triste résultat de la laideur de l'homme.

Le Geste est tout ; le Geste est adorable et sûr
Quand on le sait sculpter un instant dans l'azur.
J'apprivoise l'oiselle en lui faisant des signes
Je vis dans le royaume admirable des cygnes
Trois doigts de fleurs de mai, qu'on pile en un mortier
Rendent mon profil blanc comme meule à meunier.
Les dieux m'ont accordé de très grands privilèges ;
Mes titres sont au ciel, dans l'empire des neiges.
Bref ! cités et faubourgs se disputent l'honneur
De ma naissance. Enfin, je suis poète, auteur ;
(Je compose à forfait : nouvelles, élégies ;
Je suis un peu dans tous les hommes de génie.
La scène qu'on mettra, messeigneurs, sous vos yeux,
Est un petit travail. Je fais mieux... beaucoup mieux !
Le titre de la pièce est : « Le Sonnet ». C'est mièvre,
Léger, comme une fleur qu'on tient entre ses lèvres,
Frais comme les baisers que l'on sème à vingt ans,
Doux comme une éclaircie après un mauvais temps.
    (Désignant les écriteaux et le décor)
Ce décor, que l'on soigne avec des mains de prêtre,
Vous représente un bois de chênes et de hêtres....
Le ciel est tendre et bleu, sans nuage ; on dirait
Qu'un ange, en voletant, le peignit en secret.
C'est dans ce bois sacré que vivent les Faunesses,
Les Faunes, dont les yeux ont des lueurs traîtresses.
Par là, c'est une route ; et par ici, le val ;
— Ce décor fut un jour brouté par un cheval
A qui l'on oubliait de donner sa pitance
Depuis trois jours. — Partout le calme, le silence.
    (Désignant deux escabeaux.)
Ah ! veuillez voir dans ces escabeaux, des rochers.
Tout autour, des buissons qu'on ne saurait toucher
Sans se piquer les doigts. Nous sommes à l'aurore.
Les feuilles, en repos, au grand soleil se dorent.
Je suis assis ; j'écoute un chant suave et pur,
Et je couche un sonnet sur un papier d'azur.
    (Saluant pour prendre congé.)
Mesdames, messeigneurs...

(La Comédienne a donné plusieurs fois des marques d'impatience).

LA COMÉDIENNE *(furieuse, et l'interrompant).*

> Et moi ?... l'on me présente

PREMIER COMÉDIEN *(la désignant).*

Colombine. Une sœur de Béatrix, que Dante
Sur terre ramena, pour prouver qu'un démon
Créa la femme avec du vice et du limon
(S'animant aux haussements d'épaule de la Comédienne).
Elle est hargneuse et sotte, hypocrite et fantasque ;
Sa forme est une étoffe et son profil, un masque ;
Et phénomène étrange, elle aime sans son cœur
Et parle sans penser !... (Contemplez sans stupeur
Car ce n'est rien encor...) Regardez ses prunelles :
Voyez-vous, tout au fond, deux grands astres rebelles,
Qui luisent ?... Ils ont nom le Mauvais et l'Impur ;
Elle les dissimule en un lambeau d'azur.
Son corps affecte en vain la forme d'une lyre ;
Fat et nul est celui qui prétend qu'il en tire
Un son harmonieux... *(ironiquement lyrique)*
> à ravir dans le ciel
Les abeilles qui vont porter aux dieux leur miel

> *(Avec colère).*

Paroles de poète épris d'une chimère !
Elle n'a qu'un mérite : elle peut être mère !

LA COMÉDIENNE *(l'interrompant).*

Ici présent : un homme ! *(avec dédain).*
> Un de ces êtres lourds
Enflés du désir fou de nous parler d'amour !
Egoïste et menteur, prétentieux et bête
Dont le cœur n'a jamais battu... que dans la tête.

Monsieur n'est bon qu'au lit ; encore, quelquefois,
Sait-il se dérober aux faveurs qu'il me doit.
Il est doux dans les vers qu'il m'écrit... mais me frappe...
(Je porte sur les bras la marque de ses tapes)
Il est cruel et lâche, et jaloux comme un vieux.
C'est un cuistre, un maraud, un faquin, un envieux,
A qui, si ma colère, à moi, n'avait des bornes,
Je ferais tous les ans porter quatre cents cornes.

PREMIER COMÉDIEN (*exaspéré*).

Te tairas-tu ?

LA COMÉDIENNE

Nenni. Je continue.

PREMIER COMÉDIEN

Encor !

LA COMÉDIENNE

Si tu n'es pas content, ferme l'œil, fais le mort.
Car, foi de Colombine, il faut qu'enfin l'on sache
Que derrière un poète, un gros butor se cache.

PREMIER COMÉDIEN

Par la gorge tu mens ! C'est toi qui m'as battu !

LA COMÉDIENNE

Oh ! ne l'écoutez pas... j'en jure ma vertu !

PREMIER COMÉDIEN

De ta visite, hélas! mes mains portent la trace...

LA COMÉDIENNE

Sot !

PREMIER COMÉDIEN

Mais...

LA COMÉDIENNE

Butor !

PREMIER COMÉDIEN

Encor ! Et devant tous ! De grâce...

LA COMÉDIENNE

Assassin !... Premier coc...

PREMIER COMÉDIEN (*lui mettant la main sur la bouche*).

Ah ! là, je fais le sourd.

(*Un silence. Et, comme la Comédienne s'est calmée, le premier Comédien prend la Comédienne par la main et en s'inclinant profondément.*

Nous allons vous jouer une scène d'amour.

Puis il sort, suivi de la Comédienne et du deuxième Comédien, en jetant au public le titre :

LE SONNET!

Le Sonnet

(Divertissement)

SCENE PREMIERE

GILLES (*seul*).

(Colombine, de la coulisse, chante).

VOIX DE COLOMBINE

D'un pays de Neige, où chantent des Cygnes,
Mon Pierrot, grimé de poudre de Mai
        M'a fait un grand signe,
Et je suis venue ici — je l'aimais... —
        A Bois-Viroflay (*bis*).

Grâce à mon Pierrot, la fleur Poésie
Embaume Paris d'un air parfumé,
        Mais sa fantaisie
Me rime un sonnet, à l'aube de Mai,
        A Bois-Viroflay (*bis*).

GILLES (*assis sur un banc, se lève*).

Oui, je rime un sonnet à la Belle de **Mai**
Qui peuple la forêt d'un vieil air que **j'aimais**

Et qui consent à vivre, en moderne dryade
Près d'un poète las dont le cerveau malade
Se voudrait reposer trois mois... ne plus rimer...

(*Regardant son sonnet*).

Je conjugue pour moi, fort mal le verbe « *aimer* »
Et ce damné sonnet, ainsi qu'un vieux carrosse,
Marche comme tiré par une affreuse rosse.
Ah ! l'écrivain public reparaît bien en moi...
Contre ducats versés, que je compte du doigt,
Mon inspiration prend son essor et vole ;
Tout de suite, Pégase, ivre et beau, caracole,
Mais devant tous ces bois qui poussent des papiers,
— Dont les fleurs en dessous sont des attrape-Pieds —
Je ne me sens pas même une âme de bourgeoise ;
Mon estime pour moi s'abaisse d'une toise.
Ah! mes clients, venez !... accourez, mes clients !...
Et, votre manne d'or entre les mains, je sens
Que je redeviendrai poète, comme Dante
Et comme un tas de gens, qui n'ont fait la descente
Aux Enfers... que dans leur imagination
(*Amer*). Ce matin... l'hôtelier m'offrit... l'addition.

SCÈNE DEUXIEME

GILLES, COLOMBINE

*(Colombine entre, et vient s'appuyer sur l'épaule de
Gilles).*

COLOMBINE

Et mon sonnet ?

GILLES

Je n'ai plus que la chute encore ;
Un vers me fuit, celui de la chute, une aurore
Qui tombe sur les fleurs de mon jardin d'amour
Bellay veut pour la chute un grand vers plein, bien lourd,
Qui résume la pièce et sa philosophie.
Va, c'est dans ce sonnet que je te glorifie...

COLOMBINE

Donne-moi de l'argent...?

GILLES

De l'argent ?

COLOMBINE

De l'argent...
L'hôtelier, pour manger...

GILLES

Ce vil métal, changeant
L'amour en appétit, s'est enfui de ma poche ;
Mais ne reste-t-il plus, déjà, dans la sacoche ?...

COLOMBINE

Pas un liard !

GILLES

Parfait ! Retournons à Paris.
Allons vers les soleils capuchonnés de gris
Pour chercher une étoile en mettant nos bésicles ;
Allons, pour le « Mercure », écrire des articles ;
Allons, dans notre échoppe, attendre les clients,
Et vendre de l'esprit et de l'amour aux grands.
Quittons ces bois, ces fleurs, ces gazons... soyons sages,
Emportons dans nos yeux tous ces faux paysages ;
Ils nous inspireront à l'heure où les couleurs
Se foncent à nos yeux, quelque poème en fleurs
Que je relèguerai dans mes cartons, pour lire
Plus tard, lorsque mes doigts goutteux fuiront la lyre.
Partons. Je chercherai, dans tes yeux, les matins
Revus et corrigés par de beaux séraphins.
Ces fleurs sont sans odeur... ces bois sont indigestes,
Et... je n'ai pas l'espace espéré pour mes gestes...

COLOMBINE

Sans finir mon sonnet ?... S'il ne manque qu'un vers...

GILLES

Un vers... mais le dernier... S'il tombe de travers
Ce n'est plus cette chute adorable et rêvée
Par Pétrarque, dont l'âme est, à Laure, rivée

COLOMBINE

Oh ! lis-moi mon sonnet...

GILLES

Il manque un vers

COLOMBINE

Oh !

GILLES

Tiens,

Nous le remplacerons par des baisers

COLOMBINE

Combien ?

GILLES

Par douze, savourés lentement, en silence :
Un, deux, trois, quatre, cinq, six, sept, huit, en **cadence**

(*Il se met à genoux*).

COLOMBINE

Que fais-tu ?

GILLES

Je me mets à genoux près de toi ;
N'est-ce pas vers ton cœur que doit monter ma voix ?
Ah ! depuis vingt printemps j'attendais ta venue.
Quand tu vins, une étoile est morte, dans la nue.
Vingt printemps ont semé des roses sur ton cœur

D'amante. Mais j'aimais en toi, jadis, la sœur.
Avec des mots d'argent et polis à la lune
J'ai fondu mon sonnet dans le creuset des rimes ;
C'est un sonnet tout blanc, tout blanc. Il pleure un peu,
Pour t'attendrir... et puis parce que ça fait mieux ;
Un sonnet sans tristesse est un sonnet quelconque,
Un petit zéphyr doux qui souffle dans des conques.
Mon sonnet, — auquel il manque toujours un vers —
Des larmes de mon corps et des cris de ma chair
Est pétri. Tout Paris, demain, va le connaître.
Je sais qu'au clavecin Mozart le voudra mettre.

(Un temps).

SONNET POUR UNE DAME

Mon cœur sans ton amour est un autel sans dieu,
Un matin sans soleil, un soir d'été sans lune,
Un départ où l'on veut se quitter sans adieu...
Un départ où l'on tait, surtout, son infortune...

Je jette à chaque aurore, ainsi qu'un grain, mon vœu,
Qui fleurira plus tard, à l'époque opportune
Où dans un ciel de pluie un coin luira, tout bleu,
Comme une île d'amour découverte à la brune.

Que celle-là qui doute et n'entend pas ma voix
Porte à jamais la lourde et douloureuse croix
De l'amour incompris... Que celui-là qui doute

Me rapporte les clous qui percèrent mes mains
Et les regards d'espoir dont j'étoilais la voûte...

COLOMBINE

Et ?....

GILLES

..Et... il manque un vers dont la rime est en *in*
Une rime facile... Ah ! si c'était en *omphe*
Je ne trouverais pas une rime à *triomphe*...
Mais en *in*...

COLOMBINE

C'est très beau, monsieur votre sonnet...
Mais pourquoi, sur mon cœur, tirez-vous les volets ?
Vous avez donc beaucoup souffert pour moi?.. J'hésite...

GILLES (*l'interrompant*).

Moi ?... non ! Mais le sonnet à pleurer vous invite
Je parle des sonnets d'amour... des vrais sonnets.

COLOMBINE

Dans les autres, on rit ?...

GILLES

Ah ! si tu raisonnais,
Tu verrais que le rire est banni d'un poème...

COLOMBINE

C'est donc en larmoyant qu'il faut dire : Je t'aime ?

GILLES

Mon Dieu... cela vaut mieux. Me vois-tu, gambadant,
A la façon d'un homme en proie au mal de dents
Et te criant : Je t'aime !... en éclatant de rire ?
On dit : Je t'aime... avec douleur. C'est un martyre
Après tout, que d'aimer. Et j'en prends à témoins

Tous les grands amoureux de la terre ; au besoin
J'en appelle à toi-même. As-tu, petite folle,
Dit jamais le : « *Je t'aime* » en une cabriole ?

COLOMBINE

Certes, non... je pensais à la culbute... après...
Mais vous, vous y pensiez avant, pour moi...

GILLES

C'est vrai...

COLOMBINE

Quant au sonnet ?...

GILLES

Il manque un vers !...

COLOMBINE

Trouve-le vite...
Je pars, et te laisse avec ta muse en visite
Main, rime avec *carmin, jasmin...*

GILLES

Il y a mieux.
La rime est dans le ciel et le ciel en tes yeux ;
Je me souviendrai de tes yeux. A toi, mon ange.

(*Colombine sort*).

SCENE TROISIEME

GILLES (*seul*).

Il faut absolument que ce matin l'on mange.
Problème difficile en cet endroit malsain !
Autant déchiqueter l'auréole d'un Saint
Pour y chercher son or... Je suis vraiment perplexe...
Ne pas avoir d'argent, ayant femme... ça vexe...

(*S'examinant*).

Mes fripes coûtent bien deux cents sols, ici-bas...
Et puis, je ne peux pas me promener, en bas,
Et jouer le Satyre en des forêts si proches
De Paris... (*Il se fouille*).
　　　Rien là... rien encore... Et dans les poches ?...
Beaucoup d'air !... Il est vrai que, mes poches et moi,
Sommes ici pour prendre au moins de l'air... Je dois
Cinq écus et dix sols, tout en franche effigie

(*Regardant à terre*).

Si, de ces six cailloux vilains, Dame Magie...

(*Désespéré*).

Comment voulez-vous donc que je fasse **un sonnet**
Sans un liard en poche ?...

UNE VOIX (*de la coulisse*).

Eh ! donc !

GILLES

On a sonné !...

SCENE QUATRIEME

PIERROT, DON JUAN

DON JUAN

Je te trouve, morbleu !...

GILLES

Vous !

DON JUAN

Certe ! à ta recherche...

GILLES (*à part*).

Dieu bon !... la voici donc enfin, la sainte perche !

DON JUAN

Quoi, tu fermes boutique et tu quittes Paris
Sans avertir les gens qu'à ta plume tu pris ?
Tu cours, sans crier gare, enfermer ton génie
A la campagne ?

GILLES

Mais...

DON JUAN

        Mais l'on te calomnie !
Beaufort, Rohan, Brissac, parlent de te rosser...
Tu condamnes, aussi, tous ces gens à penser !
C'est ridicule !... En outre, — et c'est là le cas grave,
On rit de nous, à la cour... les belles nous bravent.
Malgré nos airs penchés, malgré nos airs rêveurs,
On commence à douter de nous, en tant qu'auteurs.
Madame de Rancé, cette mouche, expédie
A tous nos amis, des « traités de prosodie »
Chaque matin ! Ah non... Suffren et Lamoignon
Pour un vilain quatrain se flanquèrent des gnons
Hier, sur un place... On dit qu'ils vont se battre...
Moi-même je pâlis... vois mon teint olivâtre.
Lucile m'a quitté ! C'est la première fois
Qu'on quitte Don Juan ! Allons, Gilles, tu vois
Qu'il te faut, à Paris, revenir au plus vite.
Mais d'abord, j'ai besoin... (*obséquieux*)

        De toi, je sollicite
Avant tous, la faveur d'un sonnet. Il le faut !
En huit jours, j'ai fait six vers... six vers !...

GILLES

        Ils sont faux !

DON JUAN

Probablement.

GILLES (*en débitant*).

    Seigneur, j'ai quatre tragédies...

DON JUAN

J'ai besoin d'un sonnet.

GILLES

      Pas une **comédie** ?
Justement j'en ai trois... et drôles à pouffer.

DON JUAN

C'est de Lucile, ami, que je veux triompher.

GILLES (*maussade*)

Ah ! c'est très ennuyeux... Les sonnets à cette heure
Sont partout demandés... surtout ceux où l'on pleure...
Et j'ai beaucoup pleuré pendant ces derniers temps.
    (*Il montre son front*).
Au reste, je n'ai pas de sonnet là-dedans.

DON JUAN (*sans l'écouter*)

Je veux un sonnet triste et dépeignant ma flamme,
Lucile, au sentiment tient beaucoup, elle est femme...
Un sonnet dans lequel je mettrais tout mon cœur...

GILLES

Le cœur de Don Juan dans un sonnet... j'ai peur.

DON JUAN (*même jeu*).

Un sonnet dans lequel ta douceur reconnue
Décrirait la douleur qu'on a pour l'ingénue
Qu'elle est... et qui me quitte...
(*Voyant Gilles dissimuler un papier*).
      Eh ! que caches-tu là ?

GILLES (*jouant la surprise*)

Un... placet... pour remettre au roi, dans un gala...

DON JUAN

Peut-on le voir ?

GILLES

Ah ! non...

DON JUAN (*ironique*)

C'est un placet ? A d'autres...

GILLES

Sur les livres sacrés qu'on écrit les apôtres...

DON JUAN

Ne jure pas... (*le tentant*)

Pour voir, je donne deux écus...
Pour emporter... quarante...

GILLES (*tend le papier*).

Ah ! je suis convaincu...

DON JUAN (*ravi*).

C'est un sonnet ?...

GILLES

Oui-dà... Treize vers...

Un silence.

DON JUAN (*après avoir lu*).

Il m'enflamme...
Il est pur... Comme il coule ! Il est fait pour la dame

De mes pensées. « *Mon cœur est un autel sans dieu* »,
Sans son amour... Et puis c'est vrai, le « *coin tout bleu*
Comme une île d'amour qui luirait à la lune... »

GILLES (*à part*).

Quarante écus, Dieu bon !... c'est presque une fortune !
DON JUAN (*lisant et continuant*).
Comme je souffre bien dans ton sonnet !... On sent
Qu'il fut écrit avec ma chair... avec mon sang...
Et « *l'amour incompris* » ! et la « *croix douloureuse* » !
Ah ! ton sonnet, mon cher, rendra Lucile heureuse !
Tiens ! voici tes écus. Ce soir, je coucherai
Dans le lit de Lucile.

GILLES

Ah !

DON JUAN

Chut !... c'est un secret.
Allons... et bon retour. Je vais dans la grand'ville
Annoncer aux amis la fin de ton idylle,
Car j'espère qu'ici tu n'es pas seul : en Mai,
On ne s'en va qu'à deux au bois de Viroflay.
Est-elle au moins jolie ?

GILLES (*se défendant*).

Oh ! Monseigneur...

DON JUAN

A d'autres !...
Ne jure plus surtout sur des livres d'apôtres
Cristi !... c'est de ton âge. En aimant tu nous sers,
C'est nous qui profitons du parfum de tes vers.

Le don de ta souffrance est cher à nos amantes,
Nous vivons, par ton cœur des idylles charmantes.
Nous sommes, grâce à toi, réputé gens d'esprit,
Nos coffres, par tes soins, sont pleins de manuscrits
Et nous pouvons, sans rire, entendre, de l'aimée,
Des compliments qui sont dus à ta renommée.
Tu restes, malgré tout, pour nous tous, notre auteur.
Si nous sommes, pour toi, de quelconques acteurs,
Pas de sifflets à craindre ; à subir, pas de pertes ;
Et nos bourses te sont heureusement ouvertes.
Puises-y sans compter. Donnes-nous, en retour
Quelques mots alignés qui font croire à l'amour.
A bientôt !

(Il sort).

SCENE CINQUIEME

GILLES, PUIS COLOMBINE

GILLES (*soupèse la bourse*).

J'aime mieux quarante écus, en somme !
Ce monsieur Don Juan est un fort honnête homme.
Mon Dieu, pour un sonnet, qui n'est pas un sonnet
Encor... quarante écus, c'est lourd, c'est franc, c'est net !
(*Colombine entre, très câline, et lui met les mains sur
les épaules*).

COLOMBINE

Ta Muse, évanouie ?

GILLES (*gêné*).

Oui...

COLOMBINE

Ta rime est venue ?

GILLES

Elle est venue... avec des écus...

COLOMBINE (*inquiète*)

Continue...

GILLES

Mais les vers sont partis avec elle...

COLOMBINE (*comprenant*).

Oh ! Pierrot !...

GILLES

Une fée a changé mon sonnet en magot

COLOMBINE (*avec reproche*).

Tais-toi !

GILLES

Tu pleures ?...

COLOMBINE

Oui... ces vers... Oh! c'est infâme...
Iront charmer ce soir l'oreille d'une femme...
Un autre les dira doucement, lentement,
Ces vers scelleront les lèvres d'autres amants...

GILLES

Il faut de la douleur au fond de toute joie...
(*Grave*). Mais tu peux commander à l'hôtelier une oie;
Je pourrai te passer un lourd collier d'argent,
Mettre sur ton corset des fleurs et des rubans,
Et lire dans tes yeux de la reconnaissance...
Quand les mots sont vendus, ils perdent leur essence
Et n'ont plus leur parfum... Et puis, le dernier vers,
Tu sais, le dernier vers, vaste comme les mers,
Le grand vers que Boileau désire ample et sonore

Il reste emprisonné dans ma cervelle encore,
Et celui-là n'est pas vendu. Comme une aurore,
Il tombe sur les fleurs de mon jardin d'amour,
Tel que le veut toujours Bellay : plein, grave et lourd.
C'est la chute magique et sa philosophie,
Et c'est ce vers qui sacre et qui te glorifie...
C'est le seul vers d'amour poli par le chagrin
Et par l'adversité.
(Gilles déclame le sonnet; il peut aussi n'en reprendre
que le dernier tercet).

      Que celle-là qui doute
Me rapporte les clous qui percèrent mes mains
Et les regards d'espoir dont j'étoilais la voûte...

  (Un temps. Et, bien déclamé).

ET MES LARMES D'AMOUR, MORTES SUR TON CHEMIN.

Pendant que le public — ou que le groupe des Invi-
tés et Invitées — applaudit, Gilles et Colombine qui
ont salué, peuvent sortir en se querellant.

RIDEAU

Novembre 1904.

IMPRIMERIE
F. CONTY
11, Rue Molière
PARIS

www.ingramcontent.com/pod-product-compliance
Lightning Source LLC
LaVergne TN
LVHW021701170726
843501LV00007B/2659